지구의 간섭을 기록하네요

지구의 간섭을 기록하네요

오늘의 시인 11인
앤솔러지 시집

권승섭

권현지

김 안

김안녕

김춘리

박해람

반칠환

임지은

주민현

하 린

진순분

교유서가

권승섭

시 「영원성」 외 3편

2023년 〈동아일보〉 신춘문예로 등단했다.

영원성

겨울 바다를 걷다가 어느 부부를 만났다 여자는 내 모든 것을 안다고 했고 남자는 내 앞날을 전부 알고 있다고 했다

여자가 모진 말들을 퍼붓기 시작했다 모두 내 입에서 나온 말들이라 했다 도무지 기억이 나지 않았고 여자가 나를 노려보았다

남자는 내 어깨를 쓰다듬으며 다 괜찮다고 했다

부부는 둘 중 한 사람을 택하라고 했다 남자를 따라 걸었다 여자와는 점점 멀어졌고 아내분을 놓고 가도 되냐고 묻지만 대답이 없었다

남자는 코트 안주머니에서 초콜릿 한 조각을 꺼냈다 그것을 손에 꼭 쥐었다 그거 녹을 텐데요 말하자 남자는 초콜릿 투성이의 손을 내밀었다 이거 봐 너무 소중해서 쥐고 있으면

어떻게 되는지

　남자는 아내와 같은 길로 갈 수 없다는 말과 어차피 다시
만나게 될 거라는 말을 중얼거렸다

　파도는 끝날 줄을 모르고 계속 쳤다 끝을 보자며 남자는
손목을 끌어당겼다 백사장 끝을 향해 걸었다 뒤를 돌아보자
아득했고 여자인지 분간이 되지 않는 검은 점 하나가 흔들리
고 있었다

유예

누가 손난로를 버리고 갔다

아직 온기가 남아 주변을 두리번거렸다
온기를 놓고 갔다

손을 녹이는 일은 오래 걸리지 않고
겨울은 여전히 길어진다

하루는 털장갑을 공원에 두고 온 적 있었다

벤치의 품에서 장갑은
공원의 소지품이 되어갈 것이다

뼈가 시린 겨울이어서

주먹을 꽉 움켜쥐었다

그렇게 온기를 느꼈다

손이 손을 느끼며

어떤 방식으로든 손은 겨울을 이겨내고 있었다

또 하루는 손을 잃었다
공원에서 서성이자

혹시 손을 잃으셨나요 제가 주웠습니다

누군가 말하고
잠시만 손을 더 빌리겠습니다

그는 말한다

벤치에 앉아 그를 기다리는 동안
그는 빌려간 내 손을 꼭 쥐고 있었다

날씨가 쌀쌀하네요

많이 풀린 거 아닌가요?

그런 대화가 오가는 동안
내가 한눈을 파는 동안

그가 내 손을 들고 달아났다

손을 잃은 손목이 온기를 찾고 있었다

새소식

옷장 냄새가 좋아서 고개를 파묻고 있었다 어린 나는 몸보다 큰 양복을 훔쳐 입고 그의 결혼식에 갔다 가정을 꾸린다고 했다

넥타이를 묶는 법을 몰라 여러 번 풀어냈다 어색함이 무엇인지 몰라 거울 앞에서 한참을 갸우뚱했다 청첩장을 전해준 새가 소리 내며 창가를 지켰다 그늘은 잠자고 있고 오래도록

결혼식장에서 나는 웃음거리가 되었다 사람들이 웃어서 좋아 좋은 과거였다

감은 눈 속에는 새가 기쁨을 물고 날았다 어떤 기쁨인가 하면 너무 좋아서 생각할 수 없는 것이었다 옷장 냄새가 좋아서 오랫동안 머리를 집어넣고 있었다 옷장 문을 열 때면 미래가 보였다

잘살고 있다고 그는 말한다

먼 미래에 그가 결혼식을 한다 그곳에 하객으로 간다 새가 물고 왔던 소식을 주섬주섬 양복 주머니에 욱여넣고 집을 나선다 틀림없이 좋은 냄새가 나지만 천 냄새인지 세제 냄새인지 햇살 냄새인지 몰라 옷장 냄새였다 그에게도 나고 내게도 난다

너무 좋아서 성큼 걸어들어간
그곳에

그도 나도 있었다

옷장 속에 무엇이 있었냐 하면
오래 가둬둘 것이라 답할 것이다

푸른집

(1951, Edward Hopper)

대교를 건너는 동안 창을 내다보았다 상쾌해졌다 높은 바
람을 마시니까
먼 곳으로 갈 준비가 된 것 같았다

창문을 올렸다

네가 가리개를 사지 않은 탓에 우리는 햇빛을 듬뿍 맞고 있
다
받아내고 있는 것이다

유리를 통과한 빛은 더 뜨겁고 반짝인다
가끔은 괜찮을 것이다

절벽 밑에 물이 있으면 더 무섭지 않으냐고

네가 말한 적 있었다

맨땅에 떨어지는 것이 더 아프지 않은가

그때 나는
무서움을 아픔으로 받아들였다

멀리 집의 뒷모습이 보인다 물 위에 둥둥 떠 있다

문을 열면 물이 있는 곳
무심코 내딛는 걸음에 흠뻑 잠길 수 있는 곳

　창문을 걸어 잠그고 집채만 한 파도를 내다볼 것이다 파도
가 지나가면
　문턱에 걸터앉아 발을 담글 것이다 물고기가 몰려들 것이
다

　다시 네 표정을 살핀다 드라이브를 어디까지 가는 거냐고
　다시 한번 묻지만 대답이 없다

지금 잠들면 어느새 처음 보는 곳에 있을 것 같아
눈썹을 치켜올린다

창밖을 보며 돌아갈 수 없는 물의 집을 생각한다

뒤집어쓰기 직전의 물은
아득할 것 같고

네 얼굴은 제법 밝아 보인다 얼굴이 빛을 받아 인상을 쓴다

권현지

시 「이글루를 찾아서」 외 3편

2016년 〈시로여는세상〉에서 「프로페셔널」 외 4편으로 당선되면서
작품 활동을 시작했다.
단국대학교 문예창작과를 졸업하고 동대학원에서 시창작활동 교육
프로그램에 관한 논문으로 박사학위를 받았다. 현재 동대학교 자유
교양대학에서 글쓰기 강의를 하고 있다. 시집 『우리는 어제 만난 사
이라서』, 연구서 『시창작 활동 교육 프로그램 사례 연구』 등이 있다.

이글루를 찾아서

발목 위로는 나팔꽃 모양의 타투가
지는 해를 바라보며
아직, 오지 않은 새벽의 완성을 다해
입을 벌리고 있다
이파리들의 색은 비어 있다

건너편, 크리스마스 마을에서는
새파란 눈덩이를 굴린다
밖을 온전히 바라볼 창문들
온종일 쉬어갈 집을 찾아다니는 눈사람들

세기의 지붕을 타고 지붕 위로 올라온 소년 소녀들
즐겁게 미끄러질 낙화를 꿈꾼다
소년 소녀들의 표정이 크리스마스트리에 걸린다
체리 사탕, 바나나 젤리 맛이 난다

큰 별을 손에 쥔 아이가
차가운 얼음 강에 별을 던진다
네가 숨겨놓은 미지로부터

이글루가 녹아가고 있다
누군가 물을 뿌린다
단단해진다
집이 흐른다
(반복한다)

이글루는 아직 단단하다

폭설주의보

문고리 위에 가방을 건다
쇠 걸쇠도 건다

해바라기씨 초콜릿을 입안 가득 넣고
우적우적 씹는다
보이지 않는 틈을 유심히 바라본다
주인에게 수리를 의뢰한다

폭설은 계속되고
눈〔雪〕이 눈〔眼〕을 향해
로켓배송으로 달려오고 있다

당신에게 알맞은 외투를 주문한다

나탈리의 세계

나탈리, 당신의 휘파람소리로 창문의 순간마다 보랏빛 눈송이들, 휘날립니다

나탈리, 세기의 심야마다 가족들, 무리를 지어 물안경을 쓰고 여행을 떠났다가 다시 돌아오기도 합니다 (저기, 눈사람 한 명이 집으로 돌아오고 있네요)

나탈리, 오늘 당신이 서 있는 풍경을 헤아리며 〈오늘의 디저트〉를 만들어볼 참이었습니다

나탈리, 초콜릿으로 투명한 순록의 뼈 장식을 만듭니다, 열을 가하지 않는다면 온전히 보존될 수 있습니다

나탈리, 당신이 건네준 낯선 찻잔은 우리의 만남을 위한 신년의 다짐입니까

나탈리, 온몸으로 세기의 바람을 맞아도 괜찮습니다

나탈리, 눈 내리는 나탈리의 세계에 탑승합니다

나탈리, 당신에게 들려줄 내 목소리를 찾아서

나탈리, 바퀴는 이편에서 저편으로 계속해서 굴러갑니다

용서

긴 여행 끝에 집으로 돌아왔을 때

서로의 몸을 기댄 채 잠들어 있는 고양이 새끼들
나는 그 옆 가만히,
몸을 웅크리고 눕는다

따뜻한 몸의 형상을 더듬으며
천천히 눈을 감아본다

김안

시 「꽃무릇」 외 3편

2004년 〈현대시〉로 등단했다. 인하대학교 한국어문학과 및 동대학
원 박사 과정을 졸업했다. 시집으로 『오빠생각』 『미제레레』 『아무는
밤』 『Mazeppa』가 있다. 제5회 김구용시문학상, 제19회 현대시작품
상, 제7회 딩아돌하작품상, 제3회 신동문문학상을 수상했다.

꽃무릇

삶보다 문학성을 더 인정받았던 그는
사람들은 겸양과 실제 무능을 구분하지 못한다고
내게 가르치곤 했다. 그렇지
않으면 앞을 보지 못하는 사서나,
말 못하는 오페라 가수 취급을 받을 거라고.

나는 그의 모든 말을 받아 적지는 않았으나,
그의 문장 사이에서 가끔 느껴지는 것들,
예를 들어 등뼈를 타고 하얗게 흘러내려가는 겨울의 손끝
이나,
거대한 가마솥에 펄펄 끓는 물과 담긴 채 조금씩 줄아들다
굳은 아이들의 심장소리
때문에 그가 부를 적마다 대면하곤 했다.

그는 내 문장의 접속사가 녹슨 나사 같다고 지적했는데,
그때마다 내가 앉아 있던 의자가 삐걱거렸다.

본 적 없는 젖은 손이 내 어깨를 짓누르고 있기 때문이다.

내 문장이 깨진 안경을 쓰고 읽는 법문 같다 했을 땐

실뿌리처럼 많아진 그 손이 내 머리를 덮었는데

어느 날엔가 구설수에 시달려 도통 만날 사람이 없던 그가

나를 불렀는데, 멀찌감치 꽃무릇들 사이에 머리가 쭈볏 선 채

서 있는 그를 보았다. 순간, 내 머리가 등 뒤로 돌아가버려서

그를 향해 뒤로 걸어갈 수밖에 없었는데, 나를 발견한

그는 머리가 땅으로 떨어졌고, 나는 그와 꽃무릇을 영영 분

간할 수 없었다.

Pedrolino

실업을 당했습니다. 이제 나는 더이상 어릿광대가 아닙니다. 이건 비유가 아닙니다, 어릿광대. 당신을 웃기는 사람. 당신이 생전 처음 보는 표정을 짓는 사람. 뻔한 사물의 쓸모를 궁리하는 사람. 당신이 알고 있는 그 어떤 이야기보다 더 늙은 사람. 그 이야기에서 숲을 꺼내고, 책상을 꺼내고, 술을 꺼내고, 풍선을 꺼내는 사람. 아주 낮게 날아서, 아무도 날고 있다고 생각하지 못하는 새 같은 사람. 늘 미리 반성하고, 미리 사라지고, 사후에 얼빠져 나타나는 사람. 스스로를 몽상가라 여기는, 늘 실패하는 말들만 던지는 사람. 어릿광대에 대한 비유는 넘치고 넘쳐서 굳이 설명할 필요야 없지만 혹, 당신이 어릿광대가 되고 싶다면

당신은 그 무엇도 되지 못한 하찮은 아이여야 하고, 가방 속에서 몇 날 며칠이고 잘 수 있어야 하고, 마루 밑에서 쥐들이 어둡게 살찌는 소리를 들을 수 있어야 하고, 부서진 손으로도 기도하는 석상처럼 기다릴 줄 알아야 하고, 조용히 부패하는 순교자의 머리가 되었다가, 실패한 혁명가를 조롱하며 뒤

돌아서는 프락치의 표정도 지었다가, 사랑도 없이 치오르는 침대의 사지에 묶여서도 경험했으나 설명할 수 없는 욕망에 시달려야 하고, 그것을 망설이는 희망이라 여겨야 하고, 물기가 마르지 않는 귀신처럼, 발이 없어도 물자국을 남길 수 있어야 합니다.

이건 이 직업에 대한 아주 오래된 규칙서에 나온 이야기인데, 역사상 가장 위대한 어릿광대라 불리는 한 사내는 어린 시절 집에 거울이 없어서 둥근 시계추를 거울로 삼았다고 합니다. 매일 움직이는 시계추를 따라 얼굴을 흔들다보니, 어느새 머리만 혼자 남아서 시계 앞에 움직이고 있었다고. 그리고 삽화 아래 이렇게 적혀 있습니다. "그는 죽었다. 다시 살아나지 않는다."* 어느 판본을 보든 그 페이지의 모서리가 접혀 있을 겁니다.

---

* 윤경희, 『분더카머』, 문학과지성사, 2021, 234쪽.

파지(把持)

집에서 쫓겨났다. 하나밖에 없던 명경을 깨뜨려서다. 아이고, 이제 누가 나를 동정해주나, 누가 나를 동정해주나, 썩을 것. 내 뱃속에서 이미 썩어야 했을 것. 엄마는 머리 없는 맹수처럼 고개를 파묻고 깨진 명경 조각을 들여다보며 울부짖었다. 마당 한쪽, 나무 아래 몰래 묻어 놓은 뽀삐가 깰 정도로 울고 소리쳐 죽어 있던 나무에서 발톱같이 뾰족한 잎이 돋아났다. 멈춰 있던 시계추가 움직일 정도로. 나는 맞았다. 맞아 죽은 것 같다. 그리고 도망치는 나를 향해 엄마는 깨진 명경 조각들을 내던졌다. 돌아보니 그것들은 무시무시한 겨울의 이빨들 같았다. 다시 오지 마라, 오면 네 발목을 삼켜버릴 테다. 울며 동네를 벗어나자, 수많은 골목들이 쉭쉭거리며 뱀처럼 흐느적거리고 있었다. 이제 나는 어데로 가야 하나. 어데로 가야 하나. 이제 누가 나를 동정해주나. 영원히 입안에서 도는 말들. 맴도는 말들. 엄마는 창 없는 방에서 여전히 울고 있을 텐데…… 눈을 뜨니 창 없는 방에 누워 있었다. 엄마가 얼굴을 쓰다듬고 있었다. 시계추가 흔들리고 있었다. 엄마요, 엄마

33

요, 여 엊그제 깨트린 명경 여기 있소. 나는 둥근 시계추를 가
리켰다. 얼굴을 쓰다듬고 있던 엄마의 손이 검은 나무뿌리처
럼 자라기 시작했다. 발이 없어 도망칠 수 없었다.

미메시스

　그해 겨울, 나는 죽은 것 같았다. 혹은 그와 비슷한 상태인 듯했다. 억센 겨울이 굽혀 놓은 손가락을 조심스레 펴보았다. 어린 시절, 잔뿌리처럼 펴져 있던 골목길 끝에 있는 낡은 공장에서 한 소녀가 죽은 채 발견되었다는 소문을 들었다. 아랫도리가 검게 멍든 채 피철갑이 되어 있었다고, 어른들이 낮게 숙덕이던 기억. 그 공장을 지날 때마다 들려오던 철이 쪼개지는 소리가 내 손가락에서 들려왔다. 바위 속에 숨어 있던 귀신들이 깨어날 만큼 커다란 소리였다. 그들이 내게 말했다. 그 숲으로 들어가지 말라고. 하지만 마을에서 마을로, 숲에서 숲으로 검푸른 냉기와 습기를 뿜으며 그들이 지나갔고 나는 그 뒤를 따랐다. 이 일의 결국을 알고 있었으나, 그들은 이해할 수 없는 성분으로 구성되어 있다고, 아버지가 읽던 책에 기록되어 있었고, 아버지는 죽었지만 그 책 속에서 그의 목소리는 살아 있었기 때문이다. 책 속 목소리로만 남은 존재. 페이지를 펼칠 때마다 들려오던 철이 쪼개지는 소리. 그들이 내 다리 사이로 낮고 빠르게 지나가는 소리. 소리는 확장되고 나는 항복할 수밖에 없었으니, 이는 당연한 귀결이라 생각했다. 그리고 검은 돌밭 앞에 섰다. 돌밭 뒤로 검은 숲이 물에 젖은 짐승의 등짝처럼 하얀 연기를 뿜고 있었다. 겨울이 하얗고 날카로운 발톱으로 나무를 할퀴고 있었고, 나무들은 몸을 비틀고 있었다. 바위에 앉아 있던 그들이 여기까지라고 말했던 듯하다. 그들은 곧 늙은 뱀이 되어 똬리를 틀어 둥근 바위가 되었다. 나는 믿음 없는 나약한 제사장처럼 조심스레 숙덕이는 돌밭을 지나 검은 숲으로 들어갔다. 그 안에는 피보다 붉고 환한 황금빛 옥수수밭이 펼쳐져 있었다. 그것은 다른 몸으로 보는 풍경 같았다. 몸이 마음을 붙잡으려 했다. 손을 놓지 마세요. 떨어져버릴 겁니다. 몸의 소리를 들었으나, 그건 벌써 이십 년 전의 일이고, 마음 전부를 뒤집기란 이토록 어렵다고 생각했다. 몸이 쇳소리를 내며, 다시 마음을 붙잡으려 했지만 나는 손으로 억세게 귀를 막았다. 귓구멍이 손을 먹기 시작했다. 억지로 귀에서 손을 떼자, 귓구멍에서 긴긴 이야기들이 흘러내렸다. 그것은 그날 이후, 매일 밤마다 문틈으로 흘러들어와 숙덕이던 하얗고 묽은 영혼의 목소리였다. 그 목소리를 따라 나는 온몸으로 어둠을 들이받으며 옥수수밭으로 들어갔다. 귀 밖으로 늙음과 붉음과 묽음이 꿀렁거리며 뱀처럼 끝없이 흘러나오기 시작했다.

김안녕

시 「미지의 세계」 외 3편

경북 고령에서 태어나 2000년 〈실천문학〉 신인상을 받으며 작품 활동을 시작했다. 시집 『불량 젤리』 『우리는 매일 헤어지는 중입니다』 『사랑의 근력』을 냈으며 제2회 길동무문학창작기금 수혜 대상으로 선정됐다.

미지의 세계

추수 끝난 들판을 걸어가요
지평선 위엔 오직 엄마와 나
가로등 하나 없는 길은 먹장 같아

얼룩무늬 두른 흑기러기 한 쌍처럼 우리는 걸어요
외롭다는 말을 몰랐지만 그때엔 엄마도 나도 외로웠어요

엄마 우리 동네에는 왜 기차가 없어?
(세상 어딘가 있을 부자 친부모 찾으러 가겠다는 말은 하지 않는
다)

우리 동네엔 왜 그 흔한 오락실도 없어?
(오락실만 없었나 만화방도 없었지 시골 애들은 조숙하다 못해
늙어빠져갔지 발랑 까졌지)

헨젤과 그레텔 이야기는 아마 진짜였을 거다

엄마가 나를 버리기 전에 어서 친부모를 찾아야 할 텐데

멀다, 걸어도 걸어도
외딴집은
계모라는 낱말만큼이나 쓸쓸하고

연못과 벼랑
늪지와 바위산을 건너
일부터 천까지 세며

엄마의 젖몸살과 나의 몽상을 공글려
높이 던지면
UFO가 온다고 믿는다

나를 태우고 갈
미지가 온다고

이어달리기

술 취하면 돼지고기 한 근 들고 집에 오던 아빠처럼
집 나간 엄마 찹쌀꽈배기 싸안고 돌아오던 날처럼
정말 장 보러 잠시 다녀온 사람처럼

갓 쪄낸 강원도 찰옥수수를 품에 사 들고 돌아가는
내가 있다

취한 날에 허기는 더 불쑥 찾아오고
빈손은 빈속과 같은 말,

옥수수가 이토록 따뜻하다니
노란색이 이렇게 단단한 환대의 빛이었다니

합정에서
석계에서
흔들리며 철렁거리며 기우뚱대면서도

배턴을 놓지 않는 마지막 주자
손잡이를 놓치지 않는 승객
우리는 한결같다

종점 불빛 같은 옥수수를
젊은 엄마 커다란 눈망울 같은 옥수수를

한 마리 새처럼 안아 품는다

날아가지 못한 수천수만 마리 새들이 빼곡한 여기
서울이라는 운동장에서

오늘의 요리는 볼락구이

오븐에 굽고 싶다
장맛날 흙덩이처럼 질척이는 시간을
무엇보다 네 팔다리를
무엇보다 네 머리통을
아픈 말만 골라 하던 비린 입술을

사랑할 땐 분홍이더니
지금 보니 잿빛이구나

말짱 타 버리고 나서야
종소리가 들린다

우울한 춤

어느 날 그가 왔다 옆에 앉아도 돼요, 묻지 않고

쌀을 씻고 쌀벌레를 치우고 점심은 또 쌀벌레와 같이한다
머릿속에 든 벌레가 웅웅거리는 것쯤은 모른 체한다

자꾸 뭘 잊어버리는 것과 쇼핑 중독 중에 뭐가 더 슬픈가
요?
결핍이란 말은 결손 가정이란 말처럼 너무 무례하잖아?
그런 혼잣말을 하다보면
누가 듣고 있는 기척이 나서 돌아보는 습관이 나는 있다

환희에 찬 제라늄 화분을 들고 어느 날 그가 왔다

나는 참새 눈물 같은 캡슐을 잔뜩 내밀었다
캡슐 안에는 눈처럼 흩날리는 가루가 있고
오로라 빛을 한 먼지가 있고

둥긂을 삼킬 때마다 몸을 떨어야 했다

오래전 병이 낫지 않은 건지 새 병이 난 것인지 영 헷갈리고

엉거주춤 스텝이 꼬였지만 내색하지 않는 프로페셔널

올해도 약솜 같은 목련이 피었습니다,

한 줄 시를 쓰면

사랑과 병이 한패라

얼굴에 차츰 화색이 돌기 시작한다

김춘리

시 「둘러대는 것들의 길이는 멀다」 외 3편

2011년 〈국제신문〉 신춘문예에 당선되면서 작품 활동을 시작했다.
시집으로 『바람의 겹에 본적을 둔다』 『모자 속의 말』 『평면과 큐브』,
공동시집 『언어의 시, 시와 언어』가 있다.

둘러대는 것들의 길이는 멀다

물웅덩이로
한 무리 코끼리가 오기로 되어 있었으나
한 무리 신기루가 뭉쳐왔다

물의 천적은 물이어서
폐호흡 하는 동물들이 모여들었고
부레 호흡하는 동물들은 한 마리도 없었다

사자에게 물은 몇번째 순위일까

물을 찾아오는 신기루와 신기루를 찾아가는 물이 있다
임팔라를 훌쩍 지나치고 홍멧돼지를 훌쩍 지나쳐서
물웅덩이에 모여든 동물들에게는 그늘이 없다

진흙으로 위장하고 엎드린 악어에게
바짝 마른 임팔라의 뿔은 몇번째 순위일까

초원에서 썩은 고기를 처리하는 칠면조 독수리는
가끔 악어 이빨 사이에 낀 뼛조각으로
즐겨 먹는 식성을 알아채기도 한다

눈치와 입과의 관계는 얼마나 멀까
제일 빠른 관계이기도 하지만
모른 척하거나 아는 척하며 둘러대는 관계이기도 하다
짐승은 대부분 먹는 것만 생각하므로
둘러대는 것들의 길이는 멀다

물고기들은 물을 찾지 않는다
물이 물고기를 찾아온다

한 모금의 물로 목숨을 내놓는 일
나도 한때 한 모금 물을 먹기 위해 웅덩이를 노려본 적 있
다

알람이 맞춰진 시계와 계산기,
접은 우유 팩과 파마산 치즈가루

진흙탕 싸움에 슬퍼할 새 없이 눈물 대신 소금을 찍어 먹어
야 했다

다른 동물들이 떠난 그 자리에
왕복은 아주 가끔 일어난다

또다른 포식자가 미동도 없이 물웅덩이를 노려보고 있다

꼭지

달력을 북 찢듯 사과 하나 떨어졌다

단단한 꼭지에서 말문이 터졌다고 외치는 사람이 있었다
빨갛게 익은 말투는 코카서스 미트라*에서 온 것
신의 무지개를 통과한 것들이다

물고기 눈알처럼 사과가 붙어 있는 8월
꼭지는 가장 먼 곳이
기어이 오고야 만다는 예감이다

길게 누워 있는 고요의 형식으로
죽을 듯이 꼭지를 붙잡고 매달리면
떫고 쓴 상처를 혀끝으로 핥듯
깊고 낮은음으로 꼭지는 통과해간다

---

* 미트라(Mithra)는 고대 인도-이란어파의 계약과 맹세의 신이자 광명의 신이다.

꼭지는 리모컨

기억을 불러내는 소켓

맨 처음 작은 사과씨에 살이 부풀어올랐을 때

열매는 실패를 마지막 과업으로 삼는 법을 배운다

사과에 붉은색이 물들기까지

은박지를 태양계로 부르기로 한다

은박지는 태양의 각도이며

빨갛게 익은 사과는

칠억 삼천육백사십번째 태양의 부속품 중 하나일 것이다

사과의 꼭지는

안드로메다 어디쯤에서 날아온 방식 같다

달력의 요일을 맞추는 일이나

사과나무에 사과를 채우는 것은 빈칸을 채우는 일

사과 속에는 답하지 못한 감정과 시간이 고여 있어

껍질만 붉다

러버덕 레이스

오리는 해류를 따라 돈다.
그린란드에서 캐나다로, 멕시코에서 플로리다로
카나리아 해류를 따라 돌고 도는 오리떼는
깊은 바다를 인식하지 못했다

물의 억양을 알아들을 수 있어서
고무 오리는 침몰하자 비로소 떠올랐다
물갈퀴도 없이 계절을 인식하는 깃털도 없이
한 호흡 숨만 밀봉되었다

밀봉되었다는 것은 나그네 비둘기가 캔으로 만들어져 식량
이 되었을 때
　하나의 밀봉된 통조림 속에 멸종이 들어 있다는 것이며

　때로는 날아가는 탁구공처럼 작은 밀봉으로 몇 세트의 승
리를 이끌기도 한다는 것

오리는 계절의 지표다
가라앉고 싶어도 가라앉지 못하는 운명
모자이크처럼 갈라진 유빙 속을 둥둥 떠돈다

언젠가는 가라앉겠지만
어떤 오리들은 죽기 위해 땅으로 올라온다
석촌호수 러버덕,
몸통을 키우며 샛노란 무엇이 되려고
필사적으로 발 갈퀴를 꼼지락거린다

오리들은 영원히
물 밖에 있다

그리팅맨

우리에게는 안녕을 묻는 습관이 있다
안녕은 누구의 것도 아니면서 또 누구의 것이기도 하지

세상에는 다양한 인사법들이 있지
둥근 해를 공처럼 주고받는 인사와 오래된 질병과 이제 막
생긴 전염병을 묻기도 하는 인사말

허리와 주먹과 손바닥 인사는 고전이 되었고
혓바닥과 입술과 코를 비비는 인사는 때론 욕설로 쓰이기
도 하였다

안녕, 안녕! 키아오라, 푸라비다, 보아타르지, 인샬라*

국가가 국가에게

---

* 각각 마오리어, 스페인어, 포르투갈어, 아랍어의 인사말이다.

사회가 사회에게
개인이 개인에게
폭격당한 시민들에게

안부를 묻기도 하는 피의 일요일

세상의 인사말들은 왜 다를까
사막에서는 태양을 등진 그림자로부터 인사말을 배우고
극지방은 설빙의 두께를 의심하는 것으로부터 인사말을 배
웠을까

앵무새의 인사법은 기억에서 시작했다지
앵무새의 끼니처럼 열대우림에서는 짧은 말밖에 배울 수
없었을 것이다

파나마 운하에서는 육지와 육지에 다리를 뻗어
연결하는 자세로 구부리는 인사법이 있다

적도의 경계에서 슬픔도 검은색이었던 곳
뱀을 머리에 화관처럼 두르고

채찍을 휘두르던 리브르빌 노예시장에서
참회록은 허리를 15도로 굽히는 일

인사의 예의는 꾸미지 않는 것이라서
나체로 인사해야 제격이라고
민망은 동성이 동성에게만 느낄 뿐이라고
정오에서 자정까지 인사하는 사람

옥녀봉 꼭대기에 키 10미터,
정중히 인사하는 그리팅맨이 있다

박해람

시「철봉 냄새」외 4편

강원도 강릉 출생. 1998년 〈문학사상〉으로 등단했다. 시집으로 『낡은 침대의 배후가 되어가는 사내』『백 리를 기다리는 말』『여름밤위원회』가 있다.

철봉 냄새

철봉에 매달린 후
손에선 오래 매달려 있으면서
안간힘을 쓴
사람의 냄새가 난다.

단단한 쇠가 조금은 사람 쪽으로 묻어온 냄새
아니면, 사람이 쇠를 비집고
그 힘으로 들어가려 한 냄새.

쇠는 제자리를 지키는 힘이고
사람은 움직이지 않는 힘을 조금씩 얻어내려 한다.
아니다
움직이지 않아도 되는 힘과
마음껏 움직일 힘을 얻어내려 한다.

내가 가진 힘보다 더 센 힘을 잡아당기는 일은

사실, 견디는 힘이라는데
결국에는
그 물체가
없는 힘만 골라내어 구부리려 한다.

한동안 손에선
매달린 힘의 냄새가 났다.
비누로 닦으면 조금 미끄러진 냄새
그러다 다시 매달릴 수밖에 없는
냄새가 손에서 나기 시작한다.

예전엔 한동안 손에서 비린내가 났었는데
그것이 도망친 냄새인지
도망치려는, 미끄러운 냄새인지 오래 생각한 적이 있다.

제자리들은 스스로 움직일 힘이 사라진 곳인가.
끌려간 적도 없으면서
끌어들이고들 있다.

탁자

탁자들은 불려다닌다.
오해와 오해 사이에 놓이거나
지루한 공방 사이에서도 굳건하다.

최초의 휴전협정에 사용된
탁자를 본 적이 있는데
네 개의 다리들은 국적이 모두 달랐다.

서로 다른 상표의 궐련을 태우면서 자신들의 나라에 둥둥
떠 있는 질 좋은 구름에 대해, 그 구름 속에 들어 있는 빗줄기
의 순도와 강도에 대해 역설했다.

저마다 통역사를 대동하고
조금씩 어긋난 말뜻을 기록했다.

협정식이 끝나고 어느 나라도

가져가지 않은 탁자는
중립국으로 덩그러니 남았다.

　또 어느 벌판으로 불려간 탁자를 알고 있는데, 그곳엔 아무
도 탁자를 사용할 줄 아는 존재들이 없어 빗방울의 도착지나
울퉁불퉁한 먼지들이 평평해지는 용도로 쓰인다고 한다.

　조력은 그런 것이다.
　만들어진 조력은 그것을 만든 존재들만이 사용할 줄 알지
만
　저절로 생겨난 조력들은
　아무나 사용할 줄 아는 용도들이라서
　귀가 어떻게 생겼는지
　어떤 종류의 두려움인지 구분 짓지 않는다.

　한때 나의 직업은 탁자였던 적이 있었고
　나는 성실한 조력자였다.

문상

죽은 사람을 찾아간 저녁
핏자국을 따라 집요하게 한 죽음을 찾아온
사냥꾼 같다는 생각이 든다.

그렇지 않고서야 어떻게 죽은 사람을
한 치의 오차도 없이 찾아올 수 있었을까.

최대한 몸을 읍소(泣訴)하고 눈인사를 건네고
이 거대한 하룻밤을 누가 가장 많이 뜯어먹나 살피다가도
죽은 사람을 찾아와서 산 사람을 더 많이 만나고 있다는
생각을 또 하는 것이다.

마냥 쓸쓸한 어느 늦가을을 찾아왔다 싶은데
속속들이 도착하는 꽃들을 보면 아무래도
잘못 찾아왔구나,
죽은 사람 앞에서 하는 후회들이란

꼭 미행당하는 느낌이랄까.

최대한 죽은 이의 말투로
아직, 살아 있는 처지를 격려하듯 인사들을 건넬 때
그럭저럭 살아, 누구의 체념 끝이 더 닳았나
확인하곤 하지만 닳는 일로 끝을 믿거나 기다렸다면
그 또한 난처한 일이다.

핏자국 끊어진 곳은 원래
왁자한 곳이 되고 말지.

나무젓가락에 밴 붉은 색깔
이런, 화살촉엔 벌써 녹이 슬었군.
무능한 사냥꾼의 하루를 자책하는 것이다.

비현실

거울을 볼 때마다 나는
내가 원하지 않은 것들로 생겨나 있다는 것을 본다.

아니지, 결정하지 않은
결정적으로 생겨 있다는 것이지
관여하지도 않은 얼굴로
가장 나인 척하며 살고 있다는 것인데

한 번도 거울 속을 사랑한 적은 다행하게도 없지만
남의 얼굴을 사랑했던 적은 있지

매년 조금씩 달라지는 얼굴
내 얼굴 하나도 제 모양으로 지키지 못하고 있다는 것이지.
그런 얼굴을 잊지 않으려고
조금씩 시력을 잃어가고 있지.

또 조금씩 닮은 사람으로
닮아가면서
아는 사람에서 모르는 사람으로 변하고 있지.

누가 베어간 코도 그렇고
한쪽이 휑하게 뚫린 귀야 더 말할 것도 없고
내 눈은 내가 잘 알지.
여차하면 얼굴을 버리고 멀리 달아나려 했었다는 것도 알
지.

질끈, 눈감은 적 하도 많아서
근래엔 멀뚱하게 눈 뜨고 있지.

일생의 어느 곳에 특이한 점 하나를 숨겨놓고
내가 잊은 사람을 향해
부끄럽게 점의 위치를 고백하는 사람으로

나 알지?
매일 질문하고 있지.

13층

성대 수술을 한 개가 운다.
아니, 마치 헛딛는 바람소리나
미끄러운 유리창에 빗물이 달라붙는 소리 같다.
저 개가 13층에 산다는 것은
먼 소문처럼 들어서 알고 있다.

시원스레 내뱉지 못하는 말
입속에서 맴도는 의중들
13층의 소리 같은 것들이라고 생각하기로 했다.

　사람들은 살면서 남의 소리와 바람의 소리와 위층과 아래
층의 소리를 못 들어오게 하려고 한여름에도 두꺼운 투명을
닫아놓고 있다.

　그러니 자신이라는 안쪽들
　나라는 방향으로부터 번져나가는

이 다급한 외침들이 성대 수술을 한
13층의 개가 우는 소리쯤으로 들린다는 것을 알고나 있을까.

개는 또 어쩌다 활짝 열린 문에서
겨우 문틈이 되었나.
아무리 크게 짖어도 산등성이 하나를 넘어가는 일도 없이
마을 밖으로 달려가던 일도 없이.

사람들이 큰 눈에 작은 틈을 내어 실눈이라고 하듯
큰 목소리에 소곤소곤 작은 귀를 달아놓듯
네모난 방에서
점점 네모가 되어가는 개와 같이

아무리 확성기를 들었다고는 하나, 무수한 군중으로 뭉쳤다
고 하나
용기 내어 겨우 한마디 한 것이
바람을 헛딛고
달라붙는 빗물을 밟고
수술한 개의 성대를 통과한 것인 것을
알기나 할까.

반칠환

시 「식물의 사생활」 외 3편

1992년 〈동아일보〉 신춘문예로 등단했다. 시집 『뜰채로 죽은 별을 건지는 사랑』 『웃음의 힘』 『전쟁광 보호구역』 등이 있다. 2002년에 서라벌문학상을 수상했다.

식물의 사생활

화야산 어린 아가씨들은 눈뜨자마자 스타가 된다. 얼음침대에서 일어나자마자 전국의 카메라맨들이 들이닥친다. 눈썹에 붙은 봄서리 훔칠 새도 없이 렌즈를 들이댄다. 목덜미에 솜털 보얄수록 열광한다. 공주의 사위라도 되려는 듯 고화질 대포를 겨누어 고지전을 펼친다. 병역필 자랑하듯 앉아서 쏘고, 엎드려 쏘고, 누워서 쏜다. 낮은 포복 높은 포복, 작가 정신과 군인 정신으로 거친 산비탈을 내무반 마룻바닥처럼 만든다. 노루귀와 들바람꽃 아가씨들이 '이것은 내밀에 대한 침해예요. 당신들을 고소하겠어요.' 외친 적이 있었으나 변호사를 선임하기도 전에 짓밟히고 말았다. 화야산 어린 아가씨들은 해마다 산정으로 올라간다. 그녀들이 귀해질수록 환호성이 따라간다. 마침내 공주들은 성채 같은 멸종도감으로 이주한다. 미인을 내준 산은 비로소 고요하다. 카메라 대신 과도를 든 아주머니들이 쑥을 캐며 웃는다.

호모 니르바나스

지장보살이 서원하셨대. '지옥이 텅 비지 않는다면 성불하지 않겠다.' 자네, 생각은 어떤가? 나도 그래. 점점 붐빌 것 같아. 관세음보살은 또 이렇게 서원하셨대. '지상에 단 한 사람 아프더라도 구원하겠다.' 자네, 아무도 아프지 않은 날을 본적 있나? 병원은 늘 붐비고 있지? 서원이 형벌이 된 거, 중생을 너무 믿거나 자신을 너무 믿은 죄야. 명색이 슬기인간인데 딱한 보살들 보고만 있을 거야? 멸종 리스트 말고 열반 리스트라 불러주시게. 지구상 여섯번째 대열반을 우리가 실행하고 있다네. 마지막 생명까지 피안으로 건네주는 뗏군, 호모 니르바나스.

대륙 산불을 끄는 법

거실 한가운데 산불이 번진다. 자욱한 연기가 천장까지 치솟는다. 불붙은 짐승들이 거실로 뛰쳐나온다. 양털 카펫에 불이 옮겨붙는다. 캥거루가 모둠발로 거실 창을 깨고 뛰어내린다. 털이 그을린 코알라가 두 손을 내민다. 아내가 생수를 건네어주자 벌컥벌컥 마신다. '아, 이 일을 어쩐대.' 아내는 눈가를 찍던 손으로 산불 피해 후원 계좌로 송금한다. '엄마, 이럴 땐 남극에서 온 펭수를 불러요.' 아이가 리모컨을 누르자 대륙 산불이 간단히 진화된다. 펭수가 건넨 콜라를 마신 북극곰이 시원하게 트림을 한다. 불타던 고화질 와이드 벽걸이 TV가 이글루처럼 차가워진다. 거꾸로 타는 보일러를 놓아야 하나.

화장터 풍경

움직이는 화구들이 모여 화장터로 향한다. 자욱한 연기 속에 둘러앉아 소주부터 시킨다. 나이든 화구가 젊은 화구들 의견을 물어 부위별 주검을 주문한다. 젊은 화구들이 주검을 굽는다. 바지 화구가 치마 화구에게 한 점 건네기도 한다. 추깃물이 블라우스에 묻을라 앞치마 상복으로 앞섶을 감싼다. 알바생 화구가 드나들며 양푼에 찬 뼈들을 수골실로 옮긴다. 이름난 화장터는 웃음이 그득하다. 부젓가락을 두드리며 노래를 부른다. 낯선 화구들도 함께 하다보면 가까워진다. 화장을 마친 화구들이 저마다 불룩한 무덤을 추스르며 헤어진다. 치마 화구를 데려다주던 바지 화구가 막다른 골목에서 젖은 부삽을 교환하기도 한다. 어쩌면 새로운 화구가 태어날 것이다.

임지은

시 「마이크 테스트」 외 3편

2015년 〈문학과사회〉 신인문학상을 통해 작품 활동을 시작했다. 시집 『무구함과 소보로』 『때때로 캥거루』 『이 시는 누워 있고 일어날 생각을 안 한다』, 공저 에세이 『우리 둘이었던 데는 나름의 이유가 있겠지요?』가 있다.

마이크 테스트

아, 아 제 목소리가 잘 들리나요? 지나가시던 분은 계속 지나가셔도 됩니다 오랜만에 야외 행사네요 빈자리마다 가을이 앉아 있는 출구와 입구가 따로 없는

마음이란 게 그렇습니다 어디서 왔고 어떻게 작동하는지 과학적으로 알려진 바가 없죠 그러니 언제든지 일어나 나가셔도 좋습니다 아, 이미 나가시는 중이었다고요?

바람을 맞으며 걸어가는 사람은 흡사 바람과 싸우고 있는 것처럼 보입니다 그러나 공중에 떠 있는 낙엽은 오해할 여지가 없죠 지나가는 사람의 머리 위로 떨어질 뿐, 고독이 제법 바스락거리고 있습니다

그러니 더욱 이 마음이 어디서 왔는지 알고 싶군요 뭉근히 끓여 식힌 밤조림처럼 깨끗이 씻어 소독한 병에 차곡차곡 담아주면 오래도록 두고 꺼내 먹고 싶은 이 마음은

바짝 마른 수건 냄새가 납니다 제법 잘 굴러다닙니다 먼지
와 친합니다 누가 베어가도 모를 만큼 부드러운 얼굴을 가지
고 있습니다 그러니 깊은 어둠 속에서 깨어나야 할 땐 코와
귀가 잘 붙어 있는지 만져보시겠어요?

요일이 오는 순서

창밖으로 일요일의 야구장이 이어지고 있다

청소부가 문 앞까지 날아 온 월요일을
쓸어 담는다

사탕을 입에 문 아이들이 화요일을 녹여 먹고 있다

으깬 복숭아처럼 달콤할 수 있다면
경기장의 볼 보이처럼
수요일을 휘젓는 감독의 레시피

투수가 직구와 변화구 사이에 목요일을 끼어 던진다

회전하는 공은 날아가는 동안 금요일이 된다
한 번도 진심으로 휘어본 적 없는
배트가 구부러진다

함성을 기다리는 홈런처럼

토요일이 담장 밖을 뛰어넘고 있다

잠 벌레가 꿈을 모두 갉아먹고 나면 일어날 테니

깨우지 말라는 아이들

자신을 새라고 믿는 일요일이 시작되었다

엽록소

그에게 흐린 날씨는 위험하다 몸 곳곳에 푸른 반점을 가지고 있어 공포에 질린 것처럼 보인다 무서움을 잘 타지 않는 그는 언젠가부터 외로움도 느끼지 않게 되었다고 한다 *요즘엔 하루 종일 물만 마셔도 버틸 만합니다* 하루에 한 끼만 먹으면 세계 식량 문제를 해결할 수 있다고 믿는 그는 〈덜 먹고 잘 살기 운동 본부〉의 일원이다

하루 세 번 산책하는 그는 여러 마리의 개를 기르고 싶지만 일상을 돌보기에도 하루가 빠듯하다 요즘엔 식물이어도 갖춰야 할 게 많다 외국어와 운전면허증, 계획표와 융통성, 깔끔한 체취에 좋은 인상까지 이 모든 게 더 나은 삶을 위한 거라지만 식물에게 더 나은 삶이란 무엇인가? 어떤 콘크리트도 한 줌의 흙보다 못할 텐데

미세먼지가 어깨높이까지 내려앉은 날, 그는 천변에 머무르다 물오리, 청둥오리, 흰뺨오리를 구분할 수 있게 된다 *송아지*

송아지 *엄마 소는 엽록소 엄마 닮았네* 오지 않을 엄마 소를
기다리며 노래를 부르는 그의 발걸음이 느려진다 한겨울에 까
만 열매를 달고 오리들을 쳐다보는 오리나무 오래전에 죽은
개가 살아 돌아와 딱딱하게 굳은 그의 발등을 핥아준다

다른 생각

생각이 두발자전거를 타고 앞질러간다
두 다리로 따라잡긴 어렵다

머릿속으로 고양이들을 불러
수염 달린 생각을 바퀴에 집어넣는다

생각이 휘청인다
자신에게도
생각이 있다는 듯 뒤를 돌아본다

이럴 땐 얼른 다른 생각으로 빠져나가야 한다

잠시 쉴 곳이 필요할 것 같은데……

이제 나는 팔걸이가 있고
앉을 수 있을 만큼 푹신한 생각을 한다

그러나 정작 생각은 앉을 생각이 없고
하던 걸 계속하려는 습성이 있다

그럼 나는 코끼리부터 개미까지 불러오고 싶어진다

모두 앉기엔 자리가 부족할 것 같다고
옆자리에 앉아 있는 생각에게
동의를 구하려는데

의자는 이미 다른 사람의 머릿속으로 사라진 후다

무슨 생각을 하고 있었던 것 같은데……

그게 뭔지 떠오르지 않고
누가 타고 지나갔는지
모를 바퀴 자국만 이마 위에 선명하다

주민현

시 「네 영혼이 비닐봉지처럼 날아간다」 외 4편

2017년 〈한국경제신문〉으로 등단했다. 시집으로 『킬트, 그리고 퀼트』 『멀리 가는 느낌이 좋아』, 공저 『연희와 민현』이 있다. 동인 '켬' 활동중이다.

네 영혼이 비닐봉지처럼 날아간다

영혼이 어떻게 생겼냐고 너에게 묻자
저게 네 영혼인가
날아가는 비닐봉지를 가리키면서

아니 영혼은
옥상 위에 널린 구체적인 빨래야
아니 그건 투명한 사다리

네 무릎을 베고 누워서 구름이 오고
가는 것을 보고
계절을 배우고

우리는 영혼이 마주한 기분을 느끼고

기분 같은 거
그런 건 지나가는 거잖아 그런데

오래전 기르던 개의
사진 속에서 무섭도록 반짝이는 눈

확신 있는 발자국
그때의 무게와 심장

그런 게 영혼인가
영혼은 포착할 수 있나

때때로 너는
정말 영혼 없이 말한다고 웃고

우리에게 영혼이 없다면

눈을 감고 있으면 네 목소리뿐이고
어둠 속에서

우리는 서로를 어떻게 느낄 수 있지?

네가 보이지 않아도 네가 내게서 존재하는 이 기분

기분 같은 건 사라질 텐데

핑크뮬리의 부드러운 움직임
와글와글한 인간의 냄새

휙 지나가는 바람이 모두의 영혼을
와르르르 무너뜨리고 간다

숨은 개들의 영혼 조각을 찾아서

나는 식순을 알지 못합니다
은식기의 종류도요

식사가 끝날 때까지 엎드릴 것
날아가는 새를 쫓아가지 않을 것

마침내 끄덕끄덕 잠든 꿈속에서⋯⋯
새와 놀고 풀밭을 뛰고 주인을 핥고 공을 물고 맛좋은 간식
을 먹고 쩝쩝 입맛을 다시고

나를 내려다보는 얼굴에 가득한 정념은 무엇인가요?

시끌시끌한 식당에서 참을성을 발휘중
멀리서 다른 개가 컹 짖고

저 개가 어디에서 왔는지 모르지만⋯⋯

저 마음이 뭔지 알 수 없지만……

주인의 얼굴은 따뜻한 것 축축한 것 심장이 쿵쿵 뛰다가 잠
잠해지게 만드는 것

그런 것을 알지 못합니다

새와 개와 사람이 어떻게 다른지도요

오후가 지나 오전이 오는 방식

주인의 심장이 커피잔처럼 식거나 그 위로 따뜻한 눈이 녹
거나

내 심장이 도무지 뜨거워지지 않는 오븐 속 생지처럼 굳어
가는 이유 그런 미래 따위를요

존 말코비치가 되기로 했다

존 말코비치가 되기로 했어

선언하자
존 말코비치 말코비치 말코비치가 되었고

예수님이 될 거야

선언하자
금빛 머리카락이 길어졌다

각웅이란 이름을 가졌을 때*
왼팔과 오른팔이 생겨났다

나의 왼팔과

---

* 예수가 태어난 날을 기념해 모인 혜빈, 민현, 시현, 연희는 각각 봉배, 각웅, 금팔, 덕오라는 이름을 새로 가졌다.

오른팔이
동시에 고개를 조아린다면

나의 팔은 어디까지인가

형님
가슴에서 털과 함께 질문이 자라났다

두목입니까
주먹입니까

따뜻한 거실에서 새로운 파가 자라났다

쓰고 지우면 사라지는 수상한 볼펜으로

각웅 되기
봉배 되기
금팔 덕오 되기

되지 않기

여자 넷이 모여

수상한 마음 가진 수상한 사람 되기

컵에 관한 한

카페의 연인들은 건들건들 입술을 걸고
라디에이터가 한숨 같은 열기를 내뿜고

나는 배가 부풀기 시작했어

내가 품고 있는 게
곰인지 뱀인지 사자인지 너구리인지
혹은 볼트나 경첩 같은 거라도

컵에 관해 아는 것

컵은 깨어지고
컵은 화해를 모르고

플라스틱 컵은
아이를 위한 것

아이를 향하다, 라는 건 좀 다른 말

내 마음이 어디로 향하는지 몰라
통 통 튀어오르는 몸의 가능성으로

무한히 펼쳐지는
사막 같은 눈밭
봅슬레이 경주가 펼쳐지고

어제 만나 오늘 골목에서 함께 나오는
커플은 건들거리고

두 발을 건들거리면서
발밑의 진동을 느끼지

공원 끝에는 공연 무대가
그 길을 따라 개들의 무덤이
그 뒤로는 창백한 하늘이 펼쳐진다

죽음과 연애에 관한

끝없는 농담을 던지면서

배 속에 두 명의 연인이

성탄절 거리를 걸어가는 풍경을 품고

그 장면을 터트리고

다시 타오르는 불의 장면 속에서 방금

속삭이듯 재가 타오르기 시작했어

아마도라는 이름의 섬

여기는 눈이 오고 거기엔 눈이 오지 않네요
아마도요
아마도란 말을 좋아해요

아마도는 또다른 섬
아마도 오후
아마도 정든
아마도 아무도 없는

아마도 거기엔
흰 육각형
어렴풋한 눈발

아마도 오래, 오래전
사랑도 하고 딸기를 씻고 머리를 쓰다듬고
별일 없이 살았을 깨끗한 손

아마도 오래전

어깨와 어깨 입술과 입술을 기대고 만졌을

손이 하는 일에 대하여

그 모든 세월을 겪어낸 게 믿기지 않고

딸기를 입속에 넣어주고 삼키고

아마도 손이란 가장 성가시고 주로 다정하고

설탕을 과일을

뒤섞어 흔들면

후루츠 탕후르

오래전 헤어진 당신과

아마도 거기는 깨끗한 겨울의 입구

딸기 없는

우산 없는

하린

시 「마을버스」 외 4편

2008년 〈시인세계〉 신인상으로 데뷔한 이후 시집 『야구공을 던지는 몇 가지 방식』 『서민생존헌장』 『1초 동안의 긴 고백』을 발간했다. 그리고 연구서 『정진규 산문시 연구』, 시 창작 안내서 『시클』, 시 창작 제안서 『49가지 시 쓰기 상상 테마』, 시조 창작 제안서 『이것만 알면 당신도 현대시조를 쓸 수 있다』, 평론집 『담화 구조적 측면에서의 친일시 연구』를 발간했다. 첫 시집으로 청마문학상 신인상(2011)을, 두번째 시집으로 송수권시문학상 우수상(2015)을, 세번째 시집으로 한국시인협회 젊은시인상(2020)을 수상했다. 그리고 2016년엔 한국 해양문학상 대상을 수상했다. 현재 단국대학교 문예창작과 초빙교수와 계간 〈열린시학〉 부주간을 맡고 있다.

마을버스

아는 얼굴을 매일 한 명쯤 만날 것 같습니다
옆구리에서 시작해서 옆구리로 되돌아오는 방식

시점과 종점이 같은 차고지에서
졸다가 깨면
졸다가 깬 사람과 눈이 마주칩니다
막차에서 내려 함께 걷습니다

자정 직전의 냄새
세 정거장을 놓치든
열 정거장을 놓치든
나 혼자만
낙오자가 아니라서 좋은데,

우리 같이 택시 타고 갈까요?
물어보지 못했습니다

비는 극적으로 내리지 않았고
형편없는 나를 제대로 들켰습니다

언덕에 가까워질수록
점점 폭이 좁아지는 골목길

같은 방향은 오래가지 못했고
인사도 없이
우린 각자가 되어 흩어졌습니다

하나의 줄기에서 뻗어나온 고구마 같았습니다

슬쩍 무언가에 무임승차해보는 상상과 실소
때를 놓친 사람을 만나도
쫓기지 않던 달밤이었습니다

상담실

끊임없이 주위만 맴도는 인공위성 같은 아이가
내 앞에 앉아 있어요

지구의 소속인데
지구에 불시착할 수 없다고 하네요

고아도
변종도
이종도 아닌데
떠돌아야만 하는 비행

간신히 혼자 쓸모를 수집하네요

밤엔 황홀한 별자리 사진을 찍고
낮엔 지루한 지구의 간섭을 기록하네요

차라리

인공이라는 수식을 삭제하거나

위성이라는 책임을 떼어버리면

솔직하게

쉽게

떠날 수 있을 텐데

나도 너처럼 인공위성처럼 살았단다

이 말을 하고 바로 후회했어요

인공 눈물도

진짜 눈물도 흘릴 수 없었으니까요

선생님 인공위성처럼과 인공위성은 달라요

지구가 정해놓은 규칙 때문에

인공위성끼리는 만날 수조차 없어요

관종

플롯이 다가옵니다
숨이 턱턱 막힙니다

진지하게 요리를 합니다
식욕이 돋지 않습니다

새벽 3시까지 소설을 씁니다
인과성이 사라집니다

삼각관계를 펼칩니다
조회수가 절반으로 뚝 떨어집니다

노출을 위한 노출을 시작합니다
사생활을 게재합니다
동성애도 양성애도 아닌 스토리
장르와 장르를 섞습니다

로맨스판타지스릴러

누군가 표절이라고 비아냥거립니다
내 일기장을 훔쳐본 게 분명합니다

자존심이 상합니다
스토커가 될까 잠수를 탈까

아무도 신경쓰지 않습니다

자살 소동을 꺼내듭니다
병실 사진을 올립니다
사실일까, 의심조차 하지 않습니다

허무주의와 냉소주의가 동시에 찾아옵니다

닉네임을 바꾸고 계정을 하나 더 만듭니다
착각과 가면이 다시 시작됩니다

녹슨 태엽

녹이 슨다는 건 아직 무언가를 기다리고 있다는 거다

대문이
우편함이
기둥에 박힌 못이
한 자리를 지킨다는 건 할말이 남아 있다는 거다

다짐은 녹이 슨다
약속도 녹이 슨다
생각도 녹이 슨다
기다림도 녹이 슨다 아니 슬지 않는다

벽에 걸린 시계는
죽은 게 아니다
휴지가 길어졌을 뿐이다

애초에
붙잡아둘 수 없는 게
마음과 시간이라서
하나의 방향을 연장시켰을 뿐이다

그래서 녹슨 것들은 끝까지 자세를 풀지 않는다
다짐과
약속과
생각과
기다림을 되풀이한다

고집한다
그러니 어느 날 문득 녹이 슨다는 건
한 자세를 오래 끌어안는 일이다

한정판

내 슬픔이 한정판이면 좋겠습니다

생산력이 좋은 내 몸
슬픔 공장
이젠 멈출 때도 됐건만
컨베이어벨트 같은 목구멍을 타고
울컥울컥 빠져나옵니다

독주를 아무리 마셔도
기억은 취하지 않고
감정이 뒤틀립니다

어디서부터 잘못된 것일까요
어디쯤에서 당신을 놓친 것일까요

대낮에도 멈추지 않는 슬픔

아무리 배가 고파도
슬픔은 먹지 말아야 하는데
괜찮은 척을 하며 웃어야 하는데
소비는 당신과 내가 감당해야 하는데
나에게만 재고가 쌓여갑니다

바람에게
구름에게
태양에게
전부 건네고
홈쇼핑 채널을 보면 괜찮을까요

매진 임박이라고 외치고 싶습니다
그런데 덜어내는 일조차
또다른 슬픔이 되고 맙니다

심장이 소심함을 멈추지 않습니다
내가 슬픔의 주인이 아니라
마침내 슬픔이 나의 주인이라는 생각, 한 번 더 가져봅니다

진순분

시조「숲을 켜는 화법」외 4편

1990년 〈경인일보〉 신춘문예 시조 부문, 1991년 〈문학예술〉 신인상 시 부문에 당선되면서 작품 활동을 시작했다. 시조집으로『익명의 첫 숨』『돌아보면 다 꽃입니다』『블루 마운틴』『바람의 뼈를 읽다』『시간의 세포』『안개꽃 은유』가 있다.
제42회 가람시조문학상, 제36회 윤동주문학상, 제6회 시조시학상 본상 등을 수상했다.

숲을 켜는 화법

화들짝 열린 숲이 딸깍, 여명을 켠다
나무는 새떼들 불러모아 밥 먹이고
첫새벽 안개 내려와 산길을 쓸고 있다

한낮에 허공으로 밀어올린 언어들은
햇살 묻은 바람결 나뭇잎에 접속한다
숲에서 탄생한 생명 통통 음표 고르고

온종일 숲이 기른 새소리 벌레소리
푸른 말 나무 심장 방백으로 울리면
산능선 노을 내려와 딸깍, 어스름 켠다

궁평항·2

어머니 계신 곳에 바다 책이 펼쳐진다
밀물이 숨가쁘게 달려와 출렁이고
내 몸은 바라만 봐도
젖어온다 초록이다

가슴에 파도소리 먼 수평선으로 눕고
욕망의 숨 마디마디 허공을 뒤척일 제
나르는 괭이갈매기
그 경계를 허문다

하루해 떠나가는 시간의 물 그늘 속
바람은 불어오고 물결은 밀려와서
시 쓰는 어머니 바다
가슴 한쪽 파도 괸다

초승달과 그믐달 사이

밤하늘 눈을 들면 젖어오는 흰 고무신
출가한 철없는 딸 애면글면 시름겨워
아버지, 은하수 건너 먼 나라 가셨나요?

야윈 꿈 휘어진 채 높다라니 걸어놓고
소쩍새 울음소리 깨우는 어둠 속에
측은히 안부를 묻듯
밤새워 지키시나요?

끝끝내 아슬한 세상에 남은 식솔들
반가이 만날 듯 흰 고무신 신고서
지름길 캄캄한 그믐달
풀숲 헤쳐 오시나요?

간격 또는 밀착

가까이 부르며
그저 먼데 보는 것은
한마음 바라 늘 멀리 있기 때문입니다
지그시 눈이 감기는
그 거리 때문입니다

그 사이 눈물 별꽃
무수히 돋는 것은
가슴에 불어오는 맑은 바람 때문입니다
달빛 창 환히 두드리며
깨어 있기 때문입니다

이제는 살아갈 시간이 더 짧은 지금
밤하늘에 눈짓하는 촉촉한 별 하나
나 홀로 멀어질수록
별빛 더 빛납니다

난분분하다

봄 햇살 따사로운
스님의 포행 길

번뇌도 망상도 없이
편안히 걸어갈 때

무량한 벚꽃 난분분
깨달음 끝없어라

경이로운 차이들의 시학

고영직(문학평론가)

아무도 모르는 길을 가는 것

어느 시인은 자신의 시쓰기에 대해 "아무도 가지 않는 길을 가는 게 중요한 것이 아니라 / 아무도 모르는 길을 가는 것"(박철, 「오래된 병」, 『대지의 있는 힘』, 문학동네, 2024)이라고 말했다. 어쩌면 위 진술은 우리 시대 시의 운명과 시인의 운명을 언급한 중요한 발언이라고 보아도 좋을 것이다. 다시 말해 지금 여기의 시와 시인은 모든 것이 정보가 되어 정보로서의 언어가 득세하는 시절에 '아무도 모르는 길'을 걸으며 저마다의 방식으로 상징과 이야기를 창조하는 존재라는 점을 강력히

환기한다. 누군가가 말한 것처럼 "상징과 이야기가 없으면 공동체는 침식되고 파열한다"*는 점은 말할 나위 없다.

시인 열한 명의 시를 묶은 이 앤솔러지 시집 또한 저마다 아무도 모르는 길을 가며 탐색한 '중간 이정표' 같은 시집이라고 할 수 있다. 2024년 경기문화재단에서 주관하는 경기예술 지원사업에 선정된 시인 열한 명의 시를 일별하며 든 첫 느낌은 경이로운 차이들의 시학을 보여준다는 점이다. 1990년에 데뷔한 시인(진순분)에서부터 2023년에 데뷔한 신인(권승섭)에 이르기까지 시인 열한 명은 저마다 다른 음역대를 보여주며 다성악(多聲樂)의 세계를 우리 앞에 펼쳐놓는다. 시인들은 저마다 아무도 모르는 길을 가고 있지만, 지금 여기 사람들의 마음생태학, 사회생태학 그리고 자연생태학의 안녕과 '지탱가능성'을 묻는 시적 상상력을 한껏 발휘하는 것으로 보인다.

당신의 마음생태학, 안녕하신가?

서정시의 유구한 테마는 '마음'이었다. 시인 열한 명은 저마다 다른 음색과 음역으로 마음생태학의 문제를 환기한다. 김

---

* 한병철, 『관조하는 삶』, 전대호 옮김, 김영사, 2024, 87쪽.

안은 "삶보다 문학성을 더 인정받았던 그"(「꽃무릇」)의 마음을 자세히 들여다본다. 하지만 정작 "그는 내 문장의 접속사가 녹슨 나사 같다고 지적"하고, "내 문장이 깨진 안경을 쓰고 읽는 법문 같다"는 생각에서 자유롭지 못하다. 결국, 김안은 자신의 마음생태학을 돌아보며 자신을 해부하는 시쓰기를 감행하고 있는 셈이다. '명경'을 깨뜨려서 집에서 '추방'당한 화자가 "이제 나는 어데로 가야 하나. 어데로 가야 하나"(「파지」)라고 한탄하며, '검은 숲'(「미메시스」)으로 향하는 장면에서 삶도 문학도 간단치 않다는 삶의 오랜 비의를 만나게 된다.

반면에 김안녕은 '미지의 세계'를 탐색하며 환대하는 마음의 바탕은 무엇인가 생각하는 듯하다. "가로등 하나 없는 길은 먹장"(「미지의 세계」) 같았지만, 어딘가에서 "나를 태우고 갈 / 미지가 온다고"(같은 곳) 믿는 마음에서 성장과 성숙이 이루어졌음을 강조한다. 그래서일까. "옥수수가 이토록 따뜻하다니 / 노란색이 이렇게 단단한 환대의 빛이었다니"(「이어달리기」)라는 아름다운 긍정의 마음을 확인하게 된다. 비록 "날아가지 못한 수천수만 마리 새들이 빼곡한 여기 / 서울이라는 운동장에서"(같은 곳) 살고 있을지라도!

하지만 지금 여기에서의 삶이 언제나 항상 행복한 것은 절대 아니다. 박해람이 '견디는 힘'(「철봉 냄새」)에 대해 역설하고,

주민현이 "수상한 마음 가진 수상한 사람 되기"(「존 말코비치가 되기로 했다」)를 강조하는 데에는 지금 여기에서의 삶이 좀처럼 정신적 이완의 상태를 허용하지 않는 효율성 숭배의 사회 시스템과 무관하지 않을 것이다. 벤야민은 그런 정신적 이완의 상태를 깊은 심심함이라고 했던가.

여하튼 박해람은 "저절로 생겨난 조력들"(「탁자」)을 예찬한다. 다시 말해 위 표현은 "최초의 휴전협정에 사용된 / 탁자"에 대해 말하고 있지만, 결국 우리 마음생태학의 안녕함은 어디에서 비롯하는가를 말하는 것이라고 보아야 옳을 것이다. 그러므로 "만들어진 조력"에 맞서는 "저절로 생겨난 조력"이란 표현은 스스로를 어떻게 만들지는 각자의 자유이자 책임이라는 실존주의의 관점을 확인할 수 있다는 점에서 시인이 발견한 득의의 표현이라고 보아도 틀리지 않을 것이다.

주민현은 다른 존재 되기 또는 되지 않기의 관점에서 '영혼'의 문제를 집중적으로 관찰한다. "날아가는 비닐봉지"(「네 영혼이 비닐봉지처럼 날아간다」)에서 네 영혼을 보는가 하면, 개의 눈으로 영혼의 한 조각을 본다.(「숨은 개들의 영혼 조각을 찾아서」) 그리고 그런 여정에서 만난 '아마도'라는 섬에 대해 담담히 경과를 보고한다. 그곳은 "딸기 없는 / 우산 없는"(「아마도라는 이름의 섬」) 곳이지만, "또다른 섬"으로서 자신의 고유성을 유지하는 곳이다. 시인은 현재 그런 마음의 상태 혹은 생태에 이른 것으로 보인다.

　하지만 자신의 마음을 잘 이해하기란 여간 어렵지 않다. 권승섭의 시 「영원성」에 등장하는 "어느 부부"가 서로 다른 길을 가는 모습이란 어쩌면 우리 마음의 분열 및 길항 양상을 보여주는 대목으로 읽히는 것도 그런 이유 때문일 것이다. 그럴 때마다 우리는 "손이 손을 느끼며" '유예'하는 마음(「유예」)을 보이는 것은 아닌가 생각하게 된다. 시인이 대도시 이면의 고독과 허무를 그린 것으로 잘 알려진 미국 화가 에드워드 호퍼(1882-1967) 그림을 모티브로 한 시 「푸른집」에서 "문을 열면 물이 있는 곳 / 무심코 내딛는 걸음에 흠뻑 잠길 수 있는 곳"이라고 쓴 표현에서 나는 어찌할 수 없이 헤아릴 길 없는 마음의 깊이를 확인하게 된다.

자연 및 사회생태학, 건강한가?

　한편 시인 열한 명은 우리를 에워싼 지구라는 행성의 운명을 생각하며 자연생태학과 사회생태학의 문제를 다루고 있다. 먼저 자연생태학의 문제를 다루는 시인들의 작품을 보자.

　진순분은 시조 형식으로 근대에 이르러 자연과 나 사이에

발생한 미적 거리가 '저만치' 멀어져 버린 시대의 문제를 좁히려는 유구한 서정시의 시도를 보여준다. 흥미로운 점은 시 제목에서 여실히 확인할 수 있는데, 그가 좁히고자 하는 거리는 이를테면 '초승달과 그믐달 사이'라는 표현에서 보듯이, '간격 또는 밀착'의 문제라고 할 수 있다. 시인은 아직 자연의 모습에서 "시 쓰는 어머니 바다"(「궁평항·2」)의 모습을 보는가 하면, "숲에서 탄생한 생명 통통 음표"(「숲을 켜는 화법」)를 듣는다. 진순분의 시를 보며 누군가가 "자연은 언제나 상징의 언어로 말을 걸어 온다"(존 뮤어)고 한 말이 떠오른다.

하지만 반칠환과 임지은은 좀 더 자연생태학의 문제를 예각적으로 다루고자 한다. 반칠환은 "화야산 어린 아가씨"들이 "성채 같은 멸종도감으로 이주"(「식물의 사생활」)하는 지금 여기의 문제를 다룬다. 그런데 시인의 붓끝은 생태 위기 상황을 과도하게 과장하지 않으며, 지금 여기 우리에게 필요한 태도는 어쩌면 일종의 '철학적 생태학'이라고 말하고 있는 듯하다. "마지막 생명까지 피안으로 건네주는 뗏군, 호모 니르바나스"(「호모 니르바나스」)라는 시행에서 시인이 말하고자 하는 우리 시대 시적 태도를 확인하게 된다. 인간과 자연의 불연속성을 강조하는 서구 사상의 한계는 너무나 분명해졌다. 반칠환의 시가 더 깊어지고 넓어지며, 아무도 모르는 길을 개척하며 심층

생태학의 경지를 확장했으면 한다.

한편 임지은은 「엽록소」에서 "식물에게 더 나은 삶이란 무엇인가?"라는 중요한 질문을 던진다. 나는 이 질문에서 철학적 식물학의 탄생 가능성을 예감한다. 이와 관련해 철학자 매튜 홀이 『식물 사람—철학적 식물학』에서 "식물을 사람으로 실천적으로 인정하는 것은 자연을 과정이나 사물의 조합으로 여기는 이원론으로부터 우리를 해방시킨다"*고 한 통찰과 이어진다는 점에서 매우 중요하다고 생각한다. 다시 말해 식물 및 자연에 대한 지극히 인간중심적인 인식에서 벗어나 포스트휴먼 시대 더 깊이 식물 및 자연을 이해하려는 안목으로 시적 실천을 해야 한다고 할 수 있다. 그런 점에서 위 시는 물활론적인 애니미즘의 세계를 보여준다는 점에서 여태껏 아무도 모르는 길을 걸어온 시적 성취라고 볼 수 있을 것이다.

한편 시인들은 우리가 사는 지금 여기의 사회생태학에도 눈길을 보내고 있다. 유독 눈[雪] 이미지가 돋보이는 권현지의 시에서 확인할 수 있는 것은 일견 마음생태학의 문제로 보이지만, 그런 마음생태학의 건강함이 문제가 되는 것은 사회생태학의 문제로 보이기 때문이다. 다시 말해 "세기의 지붕을 타

---

* 매튜 홀, 『식물 사람—철학적 식물학』, 유기쁨 옮김, 서울대학교출판문화원, 2024, 303쪽.

고 지붕 위로 올라온 소년 소녀들 / 즐겁게 미끄러질 낙화를 꿈꾼다"(「이글루를 찾아서」)라는 재미있는 표현에도 불구하고 어찌할 길 없는 '그늘'이 감지된다. 그것은 "폭설"마저 "눈[雪]이 눈[眼]을 향해 / 로켓배송으로 달려오고 있다"(「폭설주의보」)는 표현에서 보듯이, '로켓배송'으로 상징되는 우리 시대의 문제가 감지되기 때문이다. 그래서일까. "서로의 몸을 기댄 채 잠들어 있는 고양이 새끼들"(「용서」)이라는 표현이 못내 아프다. 우리 는 진짜 '쉼'의 의미를 잃어버린 채 눈먼 질주를 하며 살아가 는지도 모르겠다.

하린은 우리 안의 척도가 '쓸모' 여부로만 판명되는 세상에 서 "낙오자"(「마을버스」), '관종'(「관종」)에 눈길을 보낸다. 하지만 "나 혼자만 / 낙오자가 아니라서 좋은데"(「마을버스」)라는 감정 은 더이상 위로가 되지 못하고, "나도 너처럼 인공위성처럼 살 았단다"(「상담실」)라는 말 또한 더이상 누군가에게 '쓸모'를 증 빙해야 하는 세상에서 다정한 말이 되지 못한다. 결국, 시적 화자가 "마침내 슬픔이 나의 주인이라는 생각"(「한정판」)에 빠 지는 것 또한 충분히 이해된다. '슬픔도 힘이 된다'는 말은 과 연 위로의 말이 될 수 있을까 생각하게 된다. 어쩌면 시적 화 자는 지금 고립의 상황에 처한 것일 수도 있겠다. "고아도 / 변 종도 / 이종도 아닌데 / 떠돌아야만 하는 비행"(「상담실」)은 언제까지 무한 반복을 해야 하는 것일까.

이러한 시적 인식은 김춘리의 경우에도 비슷하게 나타나지만, 조금 더 구체적인 표현으로 나타나는 듯하다. "가라앉고 싶어도 가라앉지 못하는 운명"(「러버덕 레이스」)인 '러버덕'은 결국 우리 자신일 수밖에 없다. 하지만 김춘리의 시에서 "필사적으로 발 갈퀴를 꼼지락거"리며 "오리들은 영원히 / 물 밖에 있다"(같은 곳), 같은 표현에서 보듯이, 자기 바깥의 존재들에게 '안녕'을 묻는 태도가 여일하게 나타난다. 15도 각도로 오가는 사람들에게 인사를 하는 '그리팅맨'을 시화한 시 「그리팅맨」은 다만 "인사의 예의"를 보여주는 작품이 아니다. 비유하자면, 안녕한 자연-사회-마음생태학의 회복을 바라는 시인의 '지성소'로서 의미를 갖는다고 할 수 있다. 특히 "국가가 국가에게 / 사회가 사회에게 / 개인이 개인에게 / 폭격당한 시민들에게 // 안부를 묻기도 하는 피의 일요일"이라는 표현에서 사람은 사람 및 자연과 어떻게 사는가라는 큰 질문을 여실히 확인하게 된다.

시인의 마음, 보살피는 마음

이상으로 시인 열한 명의 앤솔러지 작품을 주마간산 격으로 살펴보았다. 독일어에서 '보살피다'라는 단어는 '아름답다 (schön)'에서 나왔다고 한다. 아름다움은 보살피려는 마음에서 비롯한다는 말일 테다. 하지만 이 말의 의미가 지금 여기에서 제대로 작동하고 있는가.

우리 사는 세상에 있어야 할 것들을 보살피려는 시인의 마음이 어느 때보다 중요하다. 그런 점에서 열한 명의 시인들이 저마다 아무도 모르는 길을 탐사한 끝에 내놓은 지금 여기 자연생태학-사회생태학-마음생태학은 아직 채굴의 가능성이 무궁무진하다고 말할 수 있다. 우리는 내 안의 마음을 잘 알지 못할 뿐 아니라, 지금 여기에서 살아가는 사람들의 마음생태학 또한 충분히 탐사하지 못했다. 특히 마음생태학을 비롯해 사회생태학 그리고 자연생태학을 탐사하려는 시들이 계속 쓰여야 하는 이유가 여기에 있을 것이다.

반칠환의 「호모 니르바나스」를 언급하며, 이 글을 마무리하고자 한다. 나는 위 시가 위에 언급한 세 가지 생태학을 종합적으로 다룬다는 점에서 매우 징후적이라고 생각한다. 시인은 지금 지구는 "지구상 여섯번째 대열반"을 앞두고 있다고 인식하고 있는데, 임박한 지구의 파국을 예감하는 시인은 우리 모두 "호모 니르바나스(Homo Nirvanas)"가 되어야 한다고 시적 상징을 제시한다. 지장보살도 관세음보살도 '지옥이 텅 비지

않으면 성불하지 않겠다'고 서원(誓願)하는 시적 상황에서 우리
는 작은 위안을 얻을 수 있을까. 어쩌면 그것은 우리 손에 달
렸다고 생각한다. 결국, "멸종 리스트"가 될지 "열반 리스트"가
될지는 우리가 어떤 선택을 하고 어떤 행동을 하느냐에 달려
있다고 생각하게 된다. 부디, 앤솔러지에 참여한 시인 열한 명
모두 "아무도 모르는 길"을 계속 탐사하는 언어의 광부로서 득
의의 성취를 얻기를 진심으로 희망한다.

앤솔러지 시집

지구의 간섭을 기록하네요

초판 1쇄 인쇄 2024년 12월 13일
초판 1쇄 발행 2024년 12월 23일

지은이 권승섭 권현지 김안 김안녕 김춘리 박해람
    반칠환 임지은 주민현 하린 진순분

편집 이고호 | 디자인 윤종윤 이주영
마케팅 김선진 김다정 | 저작권 박지영 형소진 최은진 오서영
브랜딩 함유지 함근아 박민재 김희숙 이송이 박다솔 조다현 배진성 이서진 김하연
제작 강신은 김동욱 이순호 | 제작처 영신사

펴낸곳 (주)교유당 | 펴낸이 신정민
출판등록 2019년 5월 24일 제406-2019-000052호

주소 10881 경기도 파주시 회동길 210
문의전화 031.955.8891(마케팅), 031.955.2680(편집), 031.955.8855(팩스)
전자우편 gyoyudang@munhak.com

인스타그램 @gyoyu_books | 트위터 @gyoyu_books | 페이스북 @gyoyubooks

ISBN 979-11-94523-05-5 03810

이 책은 경기도, 경기문화재단의 지원을 받아 발간되었습니다.